片上伸著
魯迅譯

現代新興文學的諸問題

大江書鋪版

現代新興文學的諸問題

片上伸著

魯迅譯

小引

作者在日本，是以研究北歐文學，負有盛名的人，而在這一類學者羣中，主張也最爲熱烈。這一篇是一九二六年一月所作，後來收在文學評論中，那主旨，如結末所說，不過願於讀者解釋現今新興文學『諸問題的性質和方向，以及和時代的交涉等，有一點裨助。』

但作者的文體，是很繁複曲折的，譯時也偶有減省，如三曲省爲二曲，二曲改爲一曲之類，不過仍因譯者文拙，又不願太改原來語氣，所以還是沈悶累墜之處居多。只希望讀者于這一端能加鑒原，倘有些討厭了，卽每日只看一節也好，因爲本文的內容，我相信大概不至于使讀者看完之後，會覺得毫無所得的。

此外，則本文中並無改動；有幾個空字，是原本如此的，也不補滿，以留彼國官廳的神經衰弱症的痕跡。但題目上却改了幾個字，那是，以留此國的我或別人的神經衰弱症的痕迹的了。

至于翻譯這篇的意思，是極簡單的。新潮之進中國，往往只有幾個名詞，主張者以爲可以咒死敵人，敵對者也以爲將被咒死，喧嚷一年半載，終於火滅煙消。如什麼羅曼主義，自然主義，表現主義，未來主義……仿彿都已過去了，其實又何嘗出現。現在藉這一篇，看看理論和事實，知道勢所必至，平平常常，空嚷力禁，兩皆無用，必先使外國的新興文學在中國脫離『符咒』氣味，而跟着的中國文學纔有新興的希望——如此而已。

一九二九年二月十四日，譯者識。

無產階級文學在日本文壇的成了問題，僅是地震以前不到一兩年之間的事。自此以後，創作方面不消說，便是評論主張方面，無產階級文學的色彩也漸漸褪落，好像離文壇的中心興味頗遠了。然而這事實，未必一定在顯示無產階級文學的意義或價值，已經遭了否定。也不是那將來的歷史底意義，已屬可疑，或者確認了無產階級文學不能成立的意思。無產階級文學的問題，成爲文壇當面的問題的那時的評論和主張，是很有限的，還剩下應該加以考察的許多的要點，也就是成着一時中斷的情形，這是至當的看法。在現在的日本的社會上，仔細說，是日本的文壇上，這問題之將成中心興味，可以說，倒是難於豫期的事；也許暫時之間，總是繼續着這情勢的罷。然而縱使不過一時，這問題之占了文壇論爭的中心題目似的位置的事實，則不但單從無產階級文學本身的發達上看，就是廣泛地從日本文學的歷史上看，也不能抹殺其含有頗爲重要的意義。只靠一隻燕子，春天是不來的。爲無產階級文學的問題，以更加切實的興味，成爲論議的題目，批評的對象起見，則涉及更廣的範圍的深的鋤掘，是必要的罷。但現在且不問無產階級文學的問題，何時將再成文壇的中心興味的事，而僅就這問題，加以若干的考察和研究，這事不獨爲明日的文學的準備而已，在爲了對於今日當面的文學，加以一個根本底的解釋和批評上，也有十分的必要。以這問題爲中心，搜集了可能的材料，試加以可能的考察，這工作，我以爲不但爲闡明這問題的本身，便是爲解說和這問題相關聯交涉的各種重要的文學上的問題計，也有十分的意義的。

這一篇，就是以這樣的意義爲本的考察的嘗試之一。

一

從古至今，自文學上的考究評論那樣的東西發生以來，現在尙未失其作爲問題的意義的主要的文學論上的問題，還是很不少，然而其中，如這無產階級文學的問題者，恐怕是提出得最新的了。因此也就有着今後多時，還將作爲豐富地含有文學論上的問題的興味和意義，作許多回論辯批判的對象的性質。問題旣然是新的，那解說辯論上的材料便頗少。從作品上，從評論上，較之別的文學論上的題目，可作材料者頗缺如。謂之問題是新的者，一是因爲無產階級文學這東西，作爲歷史上的事實，卽使從作品上說，也還出現得很尠少；二是因此關於這些的考察和批判，也就大抵不免於豫想底的了。因爲這緣故，所以現在卽使單以這問題爲中心，從作品上，從評論上，都竭力聚集起這有限的材料來看，也就成了較之在別的文學上的問題的時侯，更有意義的工作。而作爲那材料的提出者，則在現在，是不得不首先舉出蘇維埃俄羅斯的文學來的。

這問題，作爲廣泛的藝術上的問題的意義，是蒲力汗諾夫的論文裏也曾涉及了的，但專作爲文學上的重要的實際問題，成爲熱烈的論爭的題目，却應該算是一千九百十八年，新俄形成以後的事。而關於這問題的論爭，也至今尚不絕。倘要說，在今日的蘇俄的文壇上，成着那中心興味的問題是什麼，那我可以並不躊躕，答道是幾多的文學上的論戰批判的。在詩這方面，在小說這方面，雖然也時有成爲那一時的文壇的問題的作品出現，而遠過於這些一時的流行，不獨在文壇上，且成爲關心文學的許多有識者社會的興味的中心者，是文學論上的實際上的諸問題，還有和這相關聯的各種的論戰和批判。從中，關於無產階級文學的問題，是成着最熱烈的論爭的題目的，雖在今日，也不能說關於這些的一切的問題，已經見了分明的解決。關於無產階級文學之論，便是蘇俄，大概也還要很費幾年工夫的。至於關於這些的周匝的有條理的學問上的研究，則在事實上，幾乎未曾着手。雖在可以稱爲今日世界上的無產階級文學發祥地的蘇俄，在研究這方面，也不過總算動手在搜集材料罷了。從千九百二十五年一月底起，到二月初，在墨斯科的國立俄羅斯藝術科學研究所，由那社會學部和文學部的聯合主催而開的革命文學展覽會，恐怕是可以看作那組織底的工作的最初的嘗試的罷。（千九百二十五年的展覽會，專限於俄國文學，將於千九百二十六年春間開催的這展覽會，是以西歐文學爲主的。）

參加於蘇俄的無產階級文學的論爭的人，有馬克斯主義者，非馬克斯主義者，共產主義者，非共產主義者，右傾派，中庸派，左傾派等，合起來恐怕在二十八以上的罷。就中，如日本也已經介紹的托羅茲基（收在文學與革命裏的無產階級文化和無產階級藝術這篇論文以及別的）的主張，倒是被看作屬於這右傾派的。正如凡有論爭，無不如此一樣，在這騷然的許多各別的主張中，也自有可以看見一貫的要點乃至題目的東西的。其中之一，而關於這問題所當先行考察者，是無產階級文學的能否成立。

二

無產階級文學能否成立的問題，也就是無產階級文化能否成立的問題。因為文學是無非文化現象的一要素，成為社會的上層構造的。無產階級文化的成立，如果可能，則無產階級文學也該認爲可以成立。

無產階級文化成立否定論的代表，是託羅玆基。託羅玆基的意見，以爲無產階級文化這一句話裏，是有矛盾，含着許多危險的。凡各支配階級，都造就了他的文化，因而也造就了那獨特的藝術，這是過去的歷史所明證的，所以無產階級也將造就其自己獨特的文化和藝術，是當然之理，然而在事實上，一切文化的造就，須要極久的經過，至於涉及幾世紀的時光。就是有產階級的文化罷，即使將這看作始於文藝復興期，就已經過了五世紀之久。從這樣的事實看來，則當那一定的支配階級的文化被造就時，那階級不是已瀕於將失其政治上的支配力的時期麽？即使不顯別的事項來一想，無產階級果眞有造就他的『無產階級文化』的時光麽？對於以爲社會主義的世界就要實現的樂觀說，則爲了達到目的的社會革命的過渡期，倘作爲全世界的問題而觀，就該說並非幾天，而是要繼續至幾年，幾十年的，但總之是在幾十年之間，並非幾世紀的長期，那就自然更不是幾千年了。無產階級不是區別了奴隸制度，封建制度，資本制度等，以爲自己的獨裁，僅是短期的過渡時代的麽？在這短的過渡期之間，無產階級可竟能造就自己的新文化呢？況且這短的過渡期，即社會革命的時代，又正是施行激烈的階級鬭爭的時代，較之新的建設，倒是施行破壞爲較多（文學與革命，一九二四年，第二版，一四○

一四一頁）。所以無產階級在作爲一個階級而存立的過渡期間，爲了那時期之短，和在那短時期中，不能不奉全身心於階級鬬爭的兩個理由，就無暇造就自己獨特的文化。這過渡期一完，人類便進了社會主義的王國，於是開始那未曾有的文化底造就，一切階級，無不消除，而無產階級，也不復存在。在這時代的文化，是將成爲超階級底，全人類底的東西了罷。所以要而言之，無產階級文化不但並不現存，大約在將來也不存在。期待着這樣的文化的造就，是毫無根據的。因爲無產階級之握了權力，就只在爲了使階級文化永久滅亡，而開拓全人類底文化的路（同上，一四一頁）。

託羅茲基所說的文化，是『將全社會，至少也將那支配階級，施以特色的知識和能力的組織底綜合』，『將人類所創造的一切分野，都包括滲透，而將單一的系統，加於這些一切分野』的（同上，一五二頁）。對於文化的這解釋，將科學，文藝，哲學，宗教，經濟，工業，政治等一切，無不包含，可以說，是有最廣的意義的。對於託羅茲基的階級文化否定論，試加駁難者，當然應該認清這廣義的文化，是那立論的對象。

對於託羅茲基的無產階級文化否定論，率先加以反駁者，是瑪易斯基。瑪易斯基是以列寧格勒的雜誌星爲根據的論客，關於這問題的駁論，也就載在那雜誌上（星，一九二四年第三號）。

託羅茲基的主張的要點之一，如前所言，是在無產階級存立的過渡期並不長，不足以造就一定的文化。於是就有對於看作無產階級文化成立否定的第一原因的這過渡期，檢討其性質的必要了。瑪易斯基的議論，就從這里出發的。

據瑪易斯基之說，則這所謂過渡期者，是應解作包含着自從社會革命勃發於俄國以來，直到全地球上，至少是地上的大部分上，社會主義的思想得以實現確立的一切期間的。這期間將有多麼長呢？那是恐怕誰也不能明答的。只有一事大概可以分明，就是：這時期未必會很短。世界大戰以前的馬克斯主義者，在這一端，曾經見了各種的幻影；他們恰如遙望着大山峻嶺，向之而進的旅客一般。距離漸近，山峯彷彿可以手觸，山路也見得平坦了。然而一到那山路，則幻影忽消，絕頂遠藏在雲際，險難的道上，有谷，有巖，殊不易於前進。在離開資本主義的世界，而向社會主義革命的領域跨進了一步的俄羅斯國民之前，展開着苛烈的現實。那困難，遠過於豫料，所以達成的時期，也就不得不更延長。即使僅就俄國而觀，過渡期也決不能說短。要使俄國成爲實現社會主義的新天地，倘非去掉一切社會底階級，從中第一是農民階級的存在，是不行的。爲此之故，卽又非具備了機械工業經濟的各種條件，由此使個人底農業經濟不利，課以過重的負擔，而集合底國家底經濟這一面却相反，有利而負擔亦輕不可。列寧所計畫的全俄的電化，便是爲要接近這目的去的第一步。爲實現這理想起見，又必須同時將完善的農具，廣佈於農民間。電化的計畫，是千九百二十年的全蘇維埃第八回大會所議決，期以此後十年實現的，但由今觀之，其時蓋到底難於實現。假使『每一村一副輓引機』的計畫，今後二十年間竟能實現，只這一點，也不過是於農業的社會化上，在所必要的機械上經濟上的前提，得以成立罷了。要將多年養成下來的和個人底農業經濟相伴的心理上的遺傳和風習，絕其根株，至少也還得從此再加上幾十年的歲月去。而這話，還是假設為在這全期間，絕無戰爭呀，外國的革命呀，以及別的會動搖俄國的經濟生活的事變的。在俄國以外的西歐，美洲，非洲各地，所謂過渡期者，要延到多少長呢？這是大約非看作需要多年不可。在英國和德國那樣，大規模的工業已經發達，而農民和小有產階級比較底無力的國度裏，則社會主義的實現，比較的早，也不可知的。然而期望各個國度，孤立底地有社會主義的實現，是不能設想的事。西班牙和巴爾幹諸國不俟言，即如法蘭西和意太利那樣的國度，這過渡期也應該看作很長久。個人主義思想的立脚之處，是在久經沁透於西歐諸國農民之間的土地所有的觀念上的，倘將這思想放在眼中來一看，就知道這過渡期的終結，殊不易於到來。在亞細亞，亞非利加諸國中，從各種事情想起來，則尤爲不易於來到。尤其是美洲，因爲占着特殊的位置，資本主義的根柢是鞏固的，所以即使在歐洲，社會主義底革命到處高呼着勝利，而美洲的資本主義，却也許還可以支持。或者資本主義底的美洲和蘇維埃俄國之間，要發生激烈的爭鬪，也說不定的。倘不是美洲的資本主義因此終於力竭，在那里建設起社會主義的王國來的時候，則雖在較適於實現社會主義的歐洲的先進國，也不能有過渡期的終結的。而這過渡期，在農民極多的美洲合衆國和別的美洲大陸諸國中，還應該看作拉得頗長久。

因爲這樣，所以要豫定未來的期間，是極難的，但至少，說這二十世紀之間，是世界底地，從資本主義向社會主義的過渡時代，大概也不是過於誇張罷。自然，這之間，是要經過各種變遷發達的時期的，社會主義實現的時代，恐怕總要入二十一世紀，這纔來到。託羅茲基也曾說，世界無產階級的革命，大抵要涉及二十年，三十年，或者五十年。但據託羅茲基說，則這乃是歷史上的最苦悶的罅隙，不應當看作一個獨立的無產階級文化的時代（同上，一五四頁）。瑪易斯基對於這，便舉出日本的文化，在半世紀間卽全然顯示了新容，俄國的文化（文學，音樂，繪畫，彫刻，演劇，科學等），在這一世紀間發達而且成熟了的例來，並且說，倘以今日的生活的急速的步調，則半世紀或一世紀的年月，大概是足以形成十分之一的時代的文化的。

四

無產階級在那所謂短的過渡期之間，能否造就自己的文化的問題，固然也由於那所謂短，是短到多少，而又其一，實也由於無產階級當造作自己的文化之際，能夠將前代相傳的文化，加以批判而活用作自己的東西到怎樣。所以關於前代文化的繼承和活用，當考察無產階級文學的成立和發達之際，是也往往作爲議論的題目的。還有，倘將無產階級的文化乃至文學，作爲有其制限的性質的，則將怎樣地解釋呢，看解釋如何，而成立所必要的時間這一端，也許自然不成爲問題的。所以對於託羅茲基的議論的批判，不僅在考論所謂過渡期之長短如何而已，也應該考察到不問過渡期的長短如何，此外可有別的事由，對於無產階級的文化或文學的成立，使之不可能（或困難）或可能（或容易）。關於這些，論議倒並非沒有的，但因爲這和託羅茲基的否定無產階級文化的成立的第二理由，也有關聯之處，所以這里且進敍瑪易斯基對於託羅茲基的論難，從那對立上，加一段落罷。

否定無產階級化的成立的託羅茲基之論的第二的要點，是說，無產階級作爲一個階級而存在的過渡期，既然比較底短了，加以在這短期之間，又必須爲激烈的階級鬭爭而戰鬭，這時候，較之新的建設，是不得不多做舊時代的破壞的，所以也就到底不暇造就自己的階級的文化了。這說法，是頗爲得當的。所謂過渡期者，在或一程度上，實在也就是爲了階級爭鬭的衝突破壞的時代。然而在實際上，這爭鬭，却也非如字面一樣，無休無息，一齊施行的東西。從時光說，其間也有休止的時期，從地方說，鬭爭之處不同，也非全世界同時總是從事於戰鬭。自然，作爲起了階級鬪爭的結果，那所謂過渡期的文化，將帶些單調，功利，急變的特色，是不能否定的，但無論如何，也不能因此設想，以爲亙半世紀或一世紀的新時代，在這時代，竟會絕不造就特殊的什麼的文化。試一看在這六七年的窮乏困苦之間的蘇俄的涉及政治，經濟，科學，風俗，文學的各方面的新的事實，則何如呢？假使這並非六七年，而是涉及半世紀，又假使這非只在文化程度落後的國度裏，而是涉及地上文明國一切，又在順當的外面的事情之下的，則縱使這是過渡期罷，會不生什麼新文化，而實現其長成發達的麼？在這里，大約是可以看見什麼新的文化的罷。而惟這過渡期的文化，豈不是就是革命文化，由那文化的根本底建設者的階級說起來，也正是無產階級文化麼？在過渡期，雖也有無產階級獨裁容認其存立的別的社會底階級——例如農民那樣的人們，來參加於這過渡期文化的造就，但這時代的支配階級，到處都是無產勞動階級，所以這就成爲其時的文化的基調的。無產階級的鬬爭，本來正如珂庚教授的關於這問題之所說，是多面底，涉及思想，藝術，道德乃至生產的手段等人生的一切方面，依一定的原則，據一定的計畫而施行。而這樣的鬬爭，也就是一種的文化。因爲據託羅茲基，則上文也已引用，是『將全社會，至少也將那支配階級，施以特色的知識和能力的組織底綜合』，而『將人類所創造的一切分野，都包括滲透，而將單一的系統，加於這些『一切分野』者，卽是文化的緣故。在這時候，這就是無產階級的文化。這樣的文化，不但是可能，也實在是不可避的。瑪易斯基之論，就歸結在這里。

五

倘若無產階級的文化，不僅從無產階級的存續期間這一點說，另從那本身所有的特殊的性質，卽從無產階級鬪爭的意志的表現這一這點看來，也不獨使其成立爲可能，而且爲不可避，則無產階級文學的成立，也就成爲分明是可能，而且不可避的事了。

然而關於何謂無產階級文學的問題，則雖在蘇俄的批評家之間，也解說不同，未必相一致。無產階級文學云者，專是無產者自身所創造的文學之說，也頗爲通行的。『無產階級的詩歌』的弗理契教授和無產階級文學者的一團『庫士尼札』等的解釋，歸屬於此。倘以爲無產階級文學專是無產階級本身的事，所以那產生，也以專出於無產階級之手爲是的意思，那是誰也不會有什麼異議的罷。但如果看作無產階級的文學，只是成於純粹的無產階級之手的東西的意思，則作爲一種熱烈的極端的主張，是可以容納的，而在實際上，却要生出疑問。純粹的無產階級云者，當此之際，是什麼意義呢？必須是工廠裏作工的勞動者麼？文學的創作和在工廠的勞動，那並立究竟能到怎樣程度呢？當作工之間，不是至多也不過能夠寫些短短的抒情詩之類麼？那麼，所謂純粹的無產階級文學云者，可是說，曾經在工廠作工，而現在却多年專弄文筆的東西的意思呢？倘將無產階級文學的作者，以嚴密的意義，限於無產勞動階級，便生出種種這樣的疑問來了。

在文化的別部面，較之文學，就有一直先前便成了爲無產階級的東西的，然而這爲無產階級的文化，却未必一定都由無產階級本身之手所建造。便是作了無產階級學藝的基礎的馬克斯，恩格勒，爲無產階級文化大盡其力的拉薩爾，李勃克耐希德，盧森堡，蒲力汗諸夫，人類史上最初的無產階級革命的指導者列寧，就都是智識階級中人，連所謂純粹的無產階級出身都不是。新興的階級，自己所必要的文化要素，是未必定要本身親手來製造的。有漸就消亡的階級中的優秀的代表者，而斷絕了和生來的境地的關係，決然成爲新的社會底勢力的幫手的人，新興階級便將這樣的人們的力量，利用於自己所必要的文化的創造，是常有的事實。在新的階級的發達的初期，這樣的事就更不爲奇。這事實，一面是無產階級文化將舊文化的傳統加以批判而活用牠，攝取牠的意思；還有一面的意思，是說舊文化的存立之間，新文化已經有些萌芽出現的事，是可能的。

據薩木普德涅克說，則未必因爲他出于勞動者之間，便是無產階級文學者，即使他出于別的階級，也可以的，他之所以是無產階級文學者，是因爲他站在無產階級的見地上（據烈烈威支所引用）。而說這話的薩木普德涅克，却正是從小就作爲勞動者，辛苦下來的眞的無產階級出身的詩人。據烈烈威支所言，則實際上，是勞動階級出身的詩人，而現在還在工廠中勞動，但所作的詩，也有全不脫神秘象徵派的形骸的。也有常從勞動者的生活採取題材，而其運用和看法，全是舊時代的東西，和無產階級底人生觀沒有交涉的。和這相反，也有那出身雖是智識階級，而看法和想法，却是無產階級底的。舉以爲例者，是台明•培特尼。又也有只從有產階級的生活採取題材，一向未嘗運用勞動者生活的作者，而尚且可以稱爲無產階級文學的作者的人。這是因爲那作者對于有產階級的態度，是據着無產階級的見地的緣故。或者更遠溯十六世紀的往昔，譬如取千五百二十五年在德國的農民運動，或宗教改革那樣的事實，來寫小說罷，但倘若那作者的見地，是無產階級底，便可以說，那作品是無產階級文學，那作者是無產文學的作者。所以作者個人的素性和他所運用的題材，是不一定可作決定那作品和作者的所屬階級的標準的。這是單憑那作品的性質（但不消說，無產階級文學的大部分，從素性上說，也以勞動者爲多，是確實的事實罷，這是極其自然的事。然而和這一同，無產階級文學者的幾成，出於別的社會階級，大半是農民之間的事，也完全是不得已的）。（據烈烈威支的無產階級文學創造之道）

無產階級出身這一種特別券，未必一定能作無產階級文學的通行券的事，瑪易斯基不消說，便是代表蘇俄文壇的極左翼的烈烈威支，也以為是對的。就是，據烈烈威支，則無產階級文學的通行券，應憑那性質而交付；據瑪易斯基，則所以區別無產階級文學和別種文學者，是在那『社會底藝術底的相貌』的。

六

無產階級文學在遠的將來，譬如當二十世紀中葉或終末之際，將有怎樣的特色呢，這事在今是到底不能詳細豫想，而加以敍述的。在現在，不過能夠僅將那决定未來的無產階級文學所該走的路的基本底的三四種特色，提出來看罷了。無產階級文學的作者，雖不必本身是勞動者，但在那精神上，却至少須是勞動者，那文學，是表現着無產階級的精神的事，是明明白白的——這瑪易斯基之所說，便是即使並非勞動者，也能是無產階級文學的作者的意思。還有，前時代的有產階級的文學，是將那中心放在個人主義的思想上的，和牠相對，無產階級文學則將那根柢放在集合主義的精神上。前代的文學，是有神祕，悲觀，頹廢的特色的，和牠相對，在新時代的文學裏，則感到深伏的生活的歡喜的源泉。因爲新的階級，不是下山，而是登山。新時代的文學，是屹立於大地之上，在大衆之中，和大衆一同生活的。因爲所謂過渡期，就是社會上的劇烈的變動接連而發的時期，所以在這時代的文學上，卽當然強烈地表現着戰鬪底的氣分。而無產階級文學，就應該是顯出這些一切的特色，使無產階級的革命底意氣，因而高漲的東西。文學是不僅令人觀照人生的，因爲牠是作用於人生的強烈的力。

烈烈威支的說明，也歸結於略同之處的。就是，無產階級文學云者，是透過了勞動階級的世界觀的三稜鏡，而將世界給我們看的東西。借了畢力涅克的話來說，便是因爲勞動者階級，是用了無產階級的前衞的眼睛，來看世界的緣故。而那文學，則是作用於勞動者階級的心，養其意識和心理的。

在這兩者的解釋的一致之中，最重要的，是在作用於讀者之力這一點。這點，自從否定了依據雜誌赤色新地的瓦浪斯基的『藝術者，是人生的認識，而用具象底感覺底地觀照人生的形相的。恰如科學，藝術給人以客觀底的眞實』（藝術與人生，一一——一二頁，『作爲人生的認識的藝術及現代』）的立說以來，就更加竭力主張了。瓦浪斯基引馬克斯，恩格勒，列寧，蒲力汗諾夫，一直到渥爾多鐸克斯爲證，要證明客觀底的眞實之可能。對於這，瑪易斯基便先從恩格勒的反調林論中，引了『如果有人喜歡將偉大的名稱，嵌在無聊的東西上，那麼要說科學所示的若干（自然並非說一切）永久地是眞理，也可以的。然而跟着那科學的發達，先前以爲絕對底的種種的眞實，也成爲相對底的了。所以在最後的審判上的究竟眞實，也就和時光的流駛一起，成爲極少的東西』這些意思的話，以及『所謂思索的無上統治之類的事，也只出現於很沒有統治力而思索的各種人們之間的。硬說是絕對之眞的認識，也幾乎總包在相對底的種種的迷惘中。

前後二者，都只出現於人類發達的連續無限的經過裏』這些意思的話，以爲一到宇宙開闢論呀，地質學呀，人類歷史呀的學問，因爲缺少歷史上的材料，是不免永是不十分的未完成的學問的。尤其恩斯坦因的學說，已將恩格勒之所說，全都確證了。更從列寧的經驗批判裏，取出『人類的思索，在那本質上，是能將絕對的眞給與我們，而且也在給與的，然而那眞，是從相對底眞實的總和，疊積起來的東西，科學的發達的一步一步，則於這絕對眞的總和上，添以新的珠玉。然而各各的科學上的法則的眞實的界限，是相對底的。知識成長起來，這便隨而分裂，或是狹窄了。』『馬克斯和恩格勒的唯物觀底辯證法，其中含有相對論，是無疑的，然而容認一切我們的智識的相對性者，並非出於否定絕對的眞的意思，是在我們的智識，在那近於絕對眞的界限上，帶着歷史底條件這一種意思上的』這些意思的話，說是科學並不給與絕對眞，不過給與着好像疊積起來的小磚一般的相對眞；不過用這小磚，逐漸做着進向絕對眞客觀底眞實的認識之路；所以要完全獲得這絕對眞，借了恩格勒的話來說，是只能由於『人類發達的連續無限的經過』，因此在藝術上，便當然不能期待什麼客觀底眞實的。

七

瓦浪斯基的藝術論的方式，是『藝術是具象底感覺底地，認識人生的，而那認識，則給與客觀底眞實』，瑪易斯基對於這的批評，也許從一句客觀底眞實的解釋上，有些歧誤的。假使瓦浪斯基之所說，是相對底的意思，那麼，瑪易斯基之論，便成爲看錯了。然而即使果然是這意思，推察瑪易斯基和別的人的眞意，也還以『藝術所給與者，並非這樣的東西，可期待於藝術者，還別有所在——至少，無產階級文學的價值，並不在這樣的地方，於其究竟，是在作用於人的力量，動人的力量中：不這樣說，是不滿足的。布哈林在那唯物史觀的理論中說，社會人不但想，而且感，那感情，是複雜的，『藝術者，即將這些的感情，或用言語，或用聲音，或用運動（例如舞蹈），或用別的手段（有時或用建築那樣極其物質底的手段），表現於藝術底的形象之中，而將這些感情，做成系統。也可以用稍稍兩樣的話來說明，就是：藝術者，是感情的社會化的手段。或者如託爾斯泰正確地定義了的那樣，說是情緒感染的手段，也可以的。』瑪易斯基即據了這解釋，連那車勒內綏夫斯基在藝術和現實的美學底關係論中，說藝術作品的意義，能夠是『對於人生的現象的判決』的話，也指為所說的便是藝術的作用力的一種表現，而竭力主張着這意思。自然，雖是瑪易斯基，也並非全然否定藝術是人生的具象底感覺底認識的，但這總不過是藝術的副作用，那根本底作用，也還是『感染』。爲什麼呢？因爲作爲認識的源泉的藝術，不過是極不可靠極不足夠的東西。藝術家的眼，是很主觀底的，全不去看看或一部面的人生。將材料一貫而統一起來的藝術家的意志，意識底地或無意識底地，總不免帶着階級底特色。那結果，藝術便以一定的看法和傾向，有意識或無意識地，使大衆感染了。而這樣的藝術，則不得不說，爲客觀底地認識人生的現象起見，是很無用的。瑪易斯基說。

俄國十九世紀的文學，卽分明顯示着這事實。試一看俄國文學所描寫的種種雜多的人物罷，看那些是強的意力之人怎樣地少，而弱的懷疑的哈謨烈德式的人物怎樣地多呵。阿涅庚，卡玆基，盧亭，莪爾，安特來．波爾恭斯基，烏隆斯基，安那．凱來尼娜，涅弗挪陀夫，阿勃羅摩夫，都是作者用了愛，所描寫出來的人物，然而豈不是都孱弱，缺少意力的型式的人物麼？雖然偶有巴薩羅夫呀，那前夜的亞倫娜呀出現，然而那是很少見的。而且這也不但是屬於貴族或地主或智識階級的人們，便是農民，也被用了這種人物來代表。都介涅夫的訶黎和凱里涅支，託爾斯泰的柏拉敦．凱拉達耶夫，就都是的。英賽羅夫和鷃士爾茲，是被寫作強的意志的人的，但那是外國人。到戈理基，這傳統有些破壞起來了，然而他的出現的二十世紀之初，為象徵主義和神祕主義底傾向所籠罩，那時代的文學，也仍然不能脫出頹廢底絕望底乃至病底興奮的生活表現。在僅靠俄國文學以知俄國的現實的外國人的眼中，覺得俄國就是黯澹，只包在弱弱的生活氣分裏，一面也是當然。但是，出現於十月革命後的俄國的人，和先前文學上所描寫下來的那些，却完全是別一種了。新俄的人物的特色，是鐵一般的意力和不可抑制的元氣。那行動，是果決而敏捷，不許長在懷疑底的狀態中。確信自己的眞理，有和世界爲敵而戰的決心。忍苦的鍛鍊，經歷得十足了。世界上最初的無產階級國家，實在是成於這樣的人們之手的。但這樣的強的型式的人物，是不會有突然出現於俄國歷史上之理的。他們的先驅者在那里呢？在俄國文學上搜求，僅僅是倘要說發見了隱約的先型，倒還可以說得罷了。不妨說，在俄國舊時代的文學上，是很不夠認識這性格的。在俄國的現實上，這種強的性格，決不能說少有。十八世紀的拉迪錫且夫，諾維珂夫；入十九世紀而有十二月黨員；培林斯基，車勒內綏夫斯基，札思律支，蒲力汗諾夫，列寧；或則十九世紀的六十年代的農民運動的人們；從十九世紀末到二十世紀的革命運動的戰士，例如司提班•哈爾圖林等，不能說是缺少着強烈的意力的人。而在俄國文學上，則雖於智識階級出身的人們，也未嘗加以描寫，更不必說出自農民勞動者之間的人物了。自然，檢閱的障礙，一定也很大的。然而只這一點，該不會便決定了亙一世紀的文學的方向。不是雖有檢閱的迫壓，總也描寫了巴薩羅夫，描寫了納藉達諾夫，寫下了薩勒諦珂夫的諷刺劇，出現了託爾斯泰和珂羅連珂的作品和論文了麼？

在俄國文學史上，這強烈的性格的表現，爲什麼缺乏的呢？革命前的俄國文學，是大地主的貴族和小有產階級底智識階級的所產，這階級，是已經漸入於衰退之域了的。作者大抵取自己的階級生活，用作題材，作者也自然心理底地，分有着那衰退的階級的生活氣分。那結果，作品便專帶哀歌的風調，作者的眼，自然只看見接近他身邊的頹廢，腐朽，解體的現象，而爭鬬，元氣，力，高揚的現象，却幾乎都逸失了。

此也應當知道，文學上的人生的認識，是主觀底，而有意識或無意識地，從作者的階級底興味，受着制限的。這是瑪易斯基之論的歸結。

八

蒲力汗諾夫會經立說，謂假使將藝術上的作品的內容，分爲思想，心情，題目三項，則無論怎樣的作品，都不能是並不包含着一些思想底要素的東西。卽使那作品好像毫不措意於思想，只靠着形的技巧而成之際，那『無思想底』的這事本身，卽可以看作包含着特殊的思想。就是，那意思，是在表明着一貫的世界觀之不必要的。無論作者怎樣地顯不顯將一定的思想，顯現於作品中，但到底總成了表現着怎樣的思想。但是，以無論在怎樣的形，作品上沒有不表現着思想而論，則是否無論怎樣的思想，都適于作品中的表現的呢？據蒲力汗諾夫說，則因爲藝術是人和人之間的精神底交通的手段之一，所以由作品而表現的感情愈高，倘別的各條件也相應，則那作品，卽愈適於收得作爲感應交通的手段之效。慳吝人不能歌詠他遺失了的金錢，是什麼緣故呢？就因爲卽使做了詩，誰也不爲那詩所感動的緣故。也就是因爲那詩一定不能收得作爲他和別的人們之間的感應交通的手段之效的緣故。所以爲了藝術，就並非一切思想都有用，而非能使人和人之間的感應交通，可能到最多限度的思想不可了。含有最多的社會底意義的思想，便是這。

然而無論在什麼時代，所謂含有最多的社會底意義的思想者，應該並非朽腐的後時的反動思想，而是時代上的進步底的思想。所以爲了藝術，最是相宜的思想，應該是盡着在那時代的先驅底思想的責的東西。藝術家對於自己的時代的重要的社會底思潮，倘不了然，則由那藝術家所表現於作品中的思想的性質，卽不免非常低落。因此那作品也就跟着成爲低調的東西了。現在就將適宜於藝術的思想，定爲站在時代的先驅底位置上的思想罷，那麼，這先驅底思想的性質，又憑什麼來決定呢？這問題，歸結之處，是在憑什麼來決定一時代的藝術的特色。而決定現代藝術的特色的，又是什麼呢？人說，藝術是反映人生的，但爲了要知道藝術怎樣反映人生，卽應該知道人生的構造組織。在近代的文明國，作爲這構造組織的最重要的契機之一者，是階級鬬爭。社會思想的進行，便自然反映出各階級和那相互之間的鬬爭的歷史。正如古代的藝術，是生產的技巧的直接之所產一樣，現代的藝術，是階級鬬爭之所產。要之，如果時代的先驅底思想的性質，由階級鬬爭而被決定，那麼，藝術上最有意義有價値的作品，便要算以時代的先驅底思想爲基礎的，卽時代的先驅底階級的藝術，卽無產階級的藝術了。

在文學作品上的人生的認識，不出于相對底眞實的範圍。以廣義言，所謂由作者的主觀傾向加以貫穿支配者，其實便是那相對底眞實，不外乎在各時代的階級底眞實的意思。作品從作者的階級底興味，有意識或無意識地受着制限，受着指導的事，上文已經說過了。而那階級底興味，若代表着站在那時代的先頭的階級的思想時，則那藝術，也就含有代表那時代的價値和意義，這事，是從上述的蒲力汗諾夫的解釋，可以當然引伸出來的。這豈非也在證明藝術之力，是在有意識或無意識中，動大衆之心，而加以導誘之處麼？瑪易斯基更引伸此論，以爲藝術如果是有意識或無意識地，表現那時代的先驅底階級的興味的東西，那力量結局是在『感染力』，則當進向社會主義的王國的過渡期中，在一貫着那時代的特色，卽階級鬪爭之間，藝術就應該更加煥發前述的意義。當一切文化現象，都帶着階級鬪爭底特色時，藝術總該是不能獨獨超然于鬪爭之外的。不但此也，藝術還應該提其『感染力』，爲無產階級的鬪爭，去作有力的幫手。倘承認藝術超越階級，則藝術和時代的先驅底思想的關係的問題，便不成立，一切藝術都含有或一意義上的思想的事，也就當然不成立了。倘據瓦浪斯基之說，只將藝術解釋爲人生的認識，那麼，竟至于會這樣地歸到無階級文學的否定去的。

九

無產階級文學旣是如上面所說那樣的意義的過渡期的文學，是階級鬬爭的文學，則在現今世界上的無論那一國——雖在形成了無產階級獨裁國家的蘇俄，也不過僅僅顯示了那萌芽，正是毫不足怪的事。凡新興的階級的文化之形成，是要經過兩個時期的。第一，是在新階級未成社會的中心勢力以前，舊社會中，已有新文化的萌芽可見。第二，是新階級成了社會生活的中心勢力之後，遂見第一時期的萌芽之長成。然而這前後兩期的關係，常常由于各種的事情，尤其是由于那階級的社會底特質，而不能一樣。有產階級在施行封建制度的社會上，早已能夠使那文化發達起來了。到千七百八十九年爲止，法國的第三階級在經濟上政治上不消說，便是在哲學科學文學方面，也十分發達了自己的文化。因爲法國的有產階級，藉搾取別人的勤勞而生，很有用他豐富的財力，致力于發達文化的十足的餘裕的。但無產階級却和這事情完全不同。無產階級是被搾取階級，可不俟言，在帶着資本主義底色彩的社會的範圍內，無產階級總是貧窮，到將來恐怕也這樣。所以分其力量于自己的文化的發達，在無產階級，是非常困難的。他們的可以從中分出，用于新文化的力，都要用到爲滿足他們在生活上最切實最必要，不得已的不能放下的要求上去。如爲了職業組合呀，購買組合呀，政黨呀那些的組織等。在舊文化的社會裏，無產階級雖只想作一點政治上乃至經濟上的文化的基礎，也就是並不容易的事情，何況向科學，哲學，文學藝術的方面伸手，那可以說，幾乎是不可能的。俄國的無產階級連自己的盧梭也沒有一個，不得不說正是不得已的自然的結果。

但是，雖然如此，無產階級文學的萌芽，却可以溯之頗久以前的。無產階級政黨，是作爲勞動運動和社會主義合一的結果而起的事，爲恩格勒所曾說，列寧也說過的，無產階級文學的發達，也可以試來和這原則相比照。在俄國文學上，有前後一貫的系統底的無產階級文學的出現以前，社會主義底文學是早經存立的了。然而這決不是可以稱爲無產階級文學的東西。烏托邦底社會主義思想，漸佈于俄國的革命底智識階級之間，是十九世紀的三四十年代，同時也出現了社會主義思想的文學。如赫爾岑的朋友，俄國最初的社會主義者之一的亡命客阿咯略夫，雖可稱爲社會主義詩人，却決非無產階級詩人。在六十年代，有社會主義詩人兼經濟學家密哈爾・密哈羅夫。在七十年代，有參加了農民革命運動的許多社會主義底智識階級的詩人，如拉孚羅夫，穆羅梭夫，斐格納爾，死爾訶夫斯基等便是。在八十年代，有詩人雅古波敎支；小說戲劇方面，則有薩勒諦訶夫，有烏司班斯基。還有出色的詩人湼克拉梭夫，雖說稍離了社會主義底智識階級的文學的本流，但和這潮流尙相近。這些社會主義底智識階級的文學，因八十年代之終的皇室主義的壓迫，彷彿幾乎失了光耀似的，但代之而興者，有最初的勞動者詩人修古萊夫，納卡耶夫等。然而這些勞動者詩人們，還不是無產階級底的。他們的出身，是從無產勞動者階級的，但在那初期的詩中，絕無鬪爭的意志之類，却橫着對神的信仰，神助的希望，嚮往我家，我馬，我村的復歸之心。所以其一，是社會主義底的詩，而不是無產階級底；又其一，是勞動者的詩，而不是社會主義底。這兩流，到九十年代，這纔要融合于一個的無產階級底的文學。

在俄國的最初的無產階級底社會主義詩人，是拉兌因。先前的密哈羅夫，曾說『可憫的被打倒的人民，呻吟而且長太息，伸手向我們，對我們求救』，自然表示着智識階級和民衆的距離，和這相對，最初的無產階級詩人拉兌因，却道『我們都出于民衆，工人家的孩子們』，自述着加在民衆的戰鬪裏了。這兩者之差，卽在顯示從六十年代的智識階級底社會主義，向九十年代的勞動運動的推移的。拉兌因便是雖然屬于智識階級，却置身于無產階級的立場上而作歌的最初的詩人。出現于千九百五年的這一類的智識階級出身的無產階級詩人，是泰拉棱夫，國際歌的譯者達寧等。前文所擧的修古萊夫，納卡耶夫等勞動者出身的詩人，也漸漸帶了社會主義底戰鬪底傾向，如修古萊夫，竟至于歌道『

我們鐵匠心少年，辛福之鍵當鍛鍊，高高擎起重的鎚，再來力打鋼胸前！』了。這樣地，在八十年以前，而最初的社會主義詩人出，在四十年前，而最初的勞動詩人出，終至于這兩派漸相接近，要成爲無產階級文學了。

十

無產階級文學以稍有組織底之形出現，是在千九百十一年起，至歐洲大戰前的千九百十四年頃之間。不消說，在這時代，是還未達到成爲一種普遍的社會上文字上的運動之處的，然而已經不是一兩人漸漸出現，小說方面則有微微克，培薩里珂及其他，詩人則有薩木普德涅克，腓立伯兼珂，台明•培特尼，該拉希夫等，一時輩出了。這時的戈理基，一面自己要接近都會的下層生活，勞動者的生活去，同時也聚集了這些無名的無產階級的文人，加以保護，且爲那詩文集的出版設法，這是不可遺忘的。要之，可以說，這時代，是作爲無產階級文學最初的出發點，含有重要的意義的了。正如烈烈威支所言，無產階級文學的十分成長發達起來，不過是勞動者階級成了支配階級的十月革命以後的事。無產階級的藝術，是須使勞動者階級，廣大地在現實生活的範圍裏，活動其創造力之後，這纔出現的。而在現實生活的範圍裏，得見勞動者階級的創造力的活動，則須他們獨立而建設創造其生活，成了社會生活的主人的時候，這纔可能。十月革命以後，以列甯格勒，墨斯科和別的地方為中心，聚集起來了的無產階級詩文人就不少。至千九百二十年，那詩人的大半，便脫離了無產者文化團，作成『庫士尼札』（鍛冶廠）這一個團體，這遂成了無產階級文學的中心。說起內亂時代乃至戰時共產主義時代的無產階級文學來，可以說，除這一團體而外，別無所有。立在這團外者，不過就是一個煽動諷刺詩人台明．培特尼罷了。

以『庫士尼札』為中心的詩的特色，大抵是抽象底的，而絕叫底地歌詠熱情和興奮，革命的世界底意義，嚮往解放的熱狂，象徹底地高唱宇宙底的大規模等。這時代，在俄國革命，是暴風雨和混亂的時代。是並無具體底地來描寫，細敍之暇的時代。是長的敍事詩和小說，不及寫也不及讀的時代。描象底，而宇宙底的大規模之處，則是這時代的特色。千九百二十一年實行新經濟政策時，在無產階級文學上，就有一個危機來到了。當內亂和戰時共產主義時代，雖在一切的苦痛和窮乏，但有強的興奮；有緊張，有燃燒。然而現在，革命入了新的時期，長的，倦的，質實的，重要的，困難的時期就開始。並不解明的灰色的日常生活就開始了。詩人也不得不在這平凡單調的生活中，再去深深地探求革命的意義。然而這工作，較之在革命開初的羅曼諦克的興奮之日，以宇宙底規模，抽象底地熱情底地歌詠革命，却要困難複雜得多了。當這轉機，意氣沮喪了的是契理羅夫，該拉希摩夫和其他的詩人們。是對于革命的新容的失望。是因為過了革命的一轉期，而不能重整無產階級文學的軍容的失墜。一面仍然站在非歌詠革命的興奮不可的立場，而一面，則內心的眞實，却自然而然地不能掩蓋其深的失望疲勞之感。這里有難以隱瞞的矛盾。在革命的初期，一般底的革命的興奮，和詩人各個的內心的心情之間，是有着一致的。這二者自相融合，成為有統一的詩。所以卽使是抽象底概括底，而其間自有情緒的條理，有中心生命。現在則要將分裂了的二者，強行統一起來；要在這里做出什麼內外一致來。這在許多無產階級詩人，是困難的事。于是在一面，掩不盡這矛盾，不能不歌詠內心的眞實——失望的心情，否則便成爲硬來依然重唱向來的基調了。這便是稱爲和實行新經濟政策偕來的無產階級文學的危機的。

而過着了這所謂危機，無產階級詩文人的許多，不能理解新時代的要求，和新的社會生活相對應，而在文學上，也改正其態度手法的結果，則將一部分的詩文人，卽較無產階級文學更其具象底地描寫生活的，不過是『革命的同路人』，送到文壇的中央去了。從馴致和助長了這形勢的這點，卽從推賞辯護了那『革命的同路人』這點，瓦浪斯基是成着衆矢之的的。關于無產階級文學和這『革命的同路人』即畢力涅克，伊凡諸夫等人的關係交涉，也有各種的問題，其中，這也涉及舊時代文學的傳統和無產階級文學的關係的問題的，但在這里，姑且不說這些罷。

十一

千九百二十二年十二月，比較底年青的無產階級文學者的一團『十月』，組織成就，此外也出現了幾個年青的無產階級文學者團體，宣言和論戰，氣勢漸又興盛起來。而『十月』一派，則自然而然地成了這青年無產階級文學者諸派的前衛模樣。由實施新經濟政策，一時入了危機的無產階級文學，藉新人的出現與其團結，便見得形勢重行與旺了。就是，從千九百十八年到二十年，是無產者文化團，接着是『庫士尼札』一派的時代；假如以二十一年爲在創作方面和團體底組織方面，都是一個危機，則二十二年之于十月革命後的無產階級文學，可以說，是劃了第三期的。現在將在這時期中，占着諸派的前衞的位置的『十月』一派，據羅陀夫的報告而採用了的思想上藝術上的綱領，載在下面看看罷——

無產階級者團體『十月』的思想底藝術底綱領

一　從階級底社會向無階級底社會，卽××××的社會的過渡期的社會主義底革命的時代，已以由蘇維埃的組織而建立無產階級獨裁于俄國的十月革命開端了。惟××××××××，這纔能使無產階級爲一切關係的統率者，改革者。

二 無產階級在階級鬬爭的經過之間，在經濟和政治方面，已能形成了革命底馬克斯主義的思想，但在別方面，却未能從各種支配階級的亙幾世紀以來的思想上的影響感化，完全解放。終結了內亂，而在深入經濟戰線上的鬬爭的過程中的今日，文化戰線是被促進了。這戰線，從實行新經濟政策的事情看來，更從有產階級的觀念形態的侵入的事實看來，都尤爲重要。和這戰線的前進一同，在無產階級之前，作爲開頭第一個問題而起者，是建設自己的階級文化這問題。于是也就起了對于感動大衆之力，作為加以深的影響的強有力的手段的建設自己的文學的問題。

三　作為運動的無產階級文學，以十月革命的結果，這纔具備了那出現和發達上所必要的條件。然而，——俄國無產階級在教養上的落後，有產階級底觀念形態的亙幾世紀的壓迫，革命前的最近數十年間的——俄國文學的頹廢底傾向——這些都聚集起來，不但將有產階級文學的影響，給與無產階級文學的創造而已，這影響至今向且相繼，而且形成着將來也能涉及的事情。不獨此也，對于無產階級文學的創造，連那理想主義底的小有產階級底革命思想的影響，也還不能不發現。這影響之所由來，是出于作為問題，陳列在——俄國無產階級之前的那有產階級底民主底革命已經成功這一種事情的。爲了這樣的事情，無產階級文學便直到今日，在觀念形態方面，在形式方面，即都不得不帶兼收而又無涉的性質，至今也還常常帶着的。

四　然而，和據着新經濟政策，在一切方面，開始了以一定計劃爲本的社會主義底建設一同，又和波雪維克改爲不再用先前的煽動，而試行在無產階級大衆之間，加以有條理的深的宣傳一同，在無產階級文學方面，便也發生了設立一定的秩序必要了。

五　以上文所述的一切考察爲本，無產階級文學的團體『十月』，則作爲由辯證底唯物論底世界觀所一貫的無產階級前衞的一部分，努力于設立這樣的秩序。而且以爲那成就，無論在思想上，在形式上，惟獨靠了製作單一的藝術上的綱領，這纔可能。那綱領，則應當有用于作爲無產階級文學的將來的發達的基礎。

因爲以爲這樣的綱領，是在實際的創作和思想戰線上的鬬爭的過程中，成爲究極之形的東西的緣故，團體『十月』在那結束的最初，作爲自己的行動的基礎，立定了出發點如次——

六　在階級底社會裏，文學也如別的東西一樣，以應一定的階級的要求，惟經由階級，而應全人類的要求。故無產階級文學云者，是將勞動者階級以及廣泛地從事于勤勞的大衆的心理和意識，加以統一和組織，而使向往于作爲世界的改築者，××××社會的造就者的無產階級的究極的要求的文學。

七　在擴張無產階級的××，使之強固，接近××××社會去的過程中，無產階級文學不但深深地保持着階級底特色，僅將勞動者階級的心理和意識，加以統一和組織而已，更將影響愈益及于社會的別的階級部面，由此從有產階級文學的腳下，奪了最後的立場。

八　無產階級文學和有產階級文學對蹠底地相對立。已經和自己的階級一同，決定了運命的有產階級文學，是藉着從人生的游離，神秘，爲藝術的藝術，乃至以形式爲目的的形式等，向着這些東西的隱遯，以勉力韜晦着自己的存在。無產階級文學則反是，在創作基本上，放下××××馬克派的世界觀，作爲創作的材料，則採用無產階級自爲製作者的現代的現實，或是已往的無產階級的生活和鬬爭的革命底羅曼主義，或是在將來的豫期上的無產階級的××。

九　和無產階級文學的社會底意義的伸長一同，在無產階級之前，便發生了一個問題，便是大概取主題于無產階級生活，而將這大加展開的紀念碑底的大作的創造。無產階級文學者的團體『十月』以爲須在和支配了無產階級文學的最近五年間的抒情詩相並，在那根本上樹立了對於創作的材料的敍事詩底戲劇底態度的時候，這纔能夠滿足上述的要求。和這相伴，作品的形式也將極廣博地，簡素地，而且將那藝術上的手段，也用得最爲節約起來。

十　團體『十月』確認以內容爲主。無產階級文學作品的內容，自然給與言語的材料，暗示以形式。內容和形式，是辨證法底反對律，內容是決定形式的，內容經由形式，而藝術底地成爲形象。

十一　在過渡時代的階級鬭爭的形式的繁多，對于無產階級文學者，卽在要求取繁多的主題而創作。于是將歷史上前時代的文學所作的詩文上的形式和運用法，從一切方面來利用的事，便成爲必要了。

所以我們的團體，不取心醉于或一形式的辦法。也不取先前區分有產階級文學的諸流派那樣，專憑形式底特徵的區分法。這樣的區分法，原是將理想主義和形而上學，搬到文學創作的過程裏去的。

十二 團體『十月』考察了文學上頹廢底傾向的諸派，將那有支配力的階級正到歷史底高潮時候所作的原是統一的藝術上的形式，分解其構成分子，一直破碎爲細微的部分，而倘將那構成分子中的若干，看作自立的原理的事情；又考察了這些頹廢底的諸派，對于無產階級文學的影響的事實；更考察了無產階級文學蒙了影響的危險，故作爲主義，對于

(甲) 將創作上形象，以自己任意的散漫的繪畫底的裝飾似

地，顧慮底地來設想的事（想像主義），加以排斥，而贊成那依從具有社會上必然性的內容，通貫作品的全體，以展布開來的單一的首尾一貫的動底的形象。又對于

（乙）　重視言語之律，似乎便是目的，那結果，藝術家就常常躲在並無社會底意義的純是言語之業的世界裏，而終至于主張以這爲眞的藝術作品（未來主義）者，加以排斥，而贊成那作品的內容，在單一的首尾一貫的形象中發展開來，和這一同，組織底地被展開的首尾一貫的律。而且又對于

（丙）　將發生于有產階級的衰退時代，而成長于不健全的神

秘思想的根本上的音響，拜物狂底地加以尊重的傾向（象徵主義），加以排斥，而贊成那作品的音響底方面和作品形象和律的組織底渾融。

惟將作品作爲全體，在那具體底的意義上看，又在那照着正當的法則的發達的過程上看，這纔能夠到達以歷史底的意義而論的最高的藝術底綜合。

十三　這樣子，我們的團體之作爲問題者，並非將那存在于有產階級文學中，由此漸漸挑選，運入無產階級文學來的各種形式，加以洗煉，乃在造出新的原理和新的形式的型範來，而加以表現。這是憑着將舊來的文學上的形式，在實際上據爲已有，而將這些用了新的無產階級底內容來改作的方法的。這也憑着將過去的豐富的經驗和無產階級文學的作品，批評底地加以考察的方法的。而作爲那結果，則必當造出無產階級文學的新的綜合底的形式來。

十二

上面所載的綱領，無非是敍述無產階級文學的意義，將來應取的題材和形式，形式和內容的關係，和前時代文學的關係交涉以及對付的態度等，而申明過渡期文學的性質和方面的。就中，在所說無產階級文學的將來的題材和形式，當以取于無產階級的現實爲主，較之抒情詩，倒是將向敍事詩底戲劇方面之處，可以看出無產階級文學發達上的一轉機來。與其是用抽象底普遍底的題目題材的革命的頌歌，倒不如藉現實的描寫以顯示革命，或成就了革命的時代的姿容，與其是讚美普遍底抽象底的勞動或勞動者的生活，倒不如顯示勞動者的具體底的各個的現實的生活，或在革命的暴風雨中的活人的姿容，來深深地打動無產階級底情緒之處，就應該是這轉機所包含的意義。與其歌地球，詠火星的革命，還是寫出活的人來罷，便是一個也好的，斐伽也可以，尼啓多也可以，拿了在工廠裏做工的活人來罷。與其向宇宙之大，吐露革命的意氣，還是在毫末之小，看革命的眞的具體底的力的源泉罷。在一切瑣事中，有世界革命之力的淵源在。——還是這轉機的意義。例如新經濟政策，是革命的一個大大的新陣營，爲了不因此而失望于革命起見，就必須有廣博地對于革命的湛深的理解。製造工業的商品和農業產物的價格之間，作了大的開放，施行那所謂『鋏子』政策者，是什麼意義呢？在這一件小小的瑣事中，莫非非不蘊蓄着和世界革命相關的廣大的深心的麼？在這裏面，莫非並不包藏着和無產階級革命的鬬爭相偕的深邃的熱和力的麼？在這樣的無聊的平常的不易收拾的事實裏，不能看出內亂和戰時共產主義所要求了的以上的深邃的英雄主義來麼？無產階級革命的陣營，是應該重整幾回的。而且在那里，也不能總只期望着奪目驚人的奮戰和突擊。這革命發達的轉機，在無產階級文學之前，終于提出了新的要求，可以說，正是自然的事。在奪目驚人的奮戰突擊的時代，有讚美力量的必要，必須有鼓舞臨陣的人心的進行曲，但當持久之戰，却以更加細心的現實底的態度為必要了。對于這轉機，也有這樣地來解釋的。

　要求現實的具體底的表現的傾向，在小說方面，見于略息珂，格拉特珂夫，法兌耶夫，里培進斯基諸人的作品上，詩這方面，則當算培賽勉斯基，陀羅甯，藉羅夫，阿勃拉陀微支以及別的許多人。以運用農民生活爲主者，有納威羅夫。納威羅夫雖是農民出身，但因此便以爲那作品和作者並非無產階級底，那自然決無此理的。因爲農民生活由農民出身而守着無產階級底立場的作者的眼睛，將那黑暗方面，和無產階級革命後的新生活的萌芽一同觀察表現出來，也就是無產階級文學當然應該包容的一分野。然而可以作無產階級文學的題材之用的那現實，却決不限于勞動者和農民的生活的範圍。智識階級，新經濟政策暴富兒，教士，小商人，還有反革命而去了的國外的僑民，和革命的變遷很有關係的蘇維埃聯邦內的異民族，而且還有革命的過去的歷史底事實——這些一切，都可以運用，作爲無產階級文學的題材的。

尤其是最後這一項，卽革命史上的事實，在將革命的傳統底精神，傳達感染于人這一端上，則更爲最重要的題材云，烈烈威支說。

十三

作爲無產階級文學的問題，還有考察其形式方面的必要。新的酒，是應該裝在新的皮袋裏的。新的形式，是應該以什麼爲基礎，怎樣地來創製呢？舊時代的文學在多年之間，幾經變遷而造下來的各種的形式，在或一意義上，可以說，于構成新的形式上，都有用的。凡當一個階級新興時，在那年青階級的文學上，有內容勝于形式，形式不能整然的傾向，是大抵不免的事實。這事實，大概不待蒲力汗諾夫的指摘，凡通曉文學史的大體者，恐怕無不知道的罷。就俄國文學的例來看，則十八世紀前半期的康台彌耳及其他宮廷詩人的作品，內容雖然新銳，而在形式上，又何其逡巡于波蘭文學的影響之下呢？豈不是說自康台彌耳之後，經一代的詩宗兌爾什文到普式庚，而俄國宮廷貴族階級的詩，這纔漸漸到達了那形式的圓熟渾成麼？而這經過，是費了幾十年。

在無產階級文學之際，也可以視同一例。對于無產階級文學，是往往以那形式之不備和技巧之拙劣，作爲責難之點的，然而無產階級文學在今日之沒有普式庚，不過是可以和十八世紀前半的俄國文學上，只有了康台彌耳的事略略視同一例的事實。雖說是外來的，有了宮廷貴族文學的傳統的背景的康台彌耳，到普式庚，而至於圓熟渾成尚且費了幾十年。則無產階級文學的形式——從對於舊文化的革命而產生的無產階級文學，至今還未確立自己的形式，正是毫不足怪的事。然而現在，較之十八世紀乃至十九世紀的初頭，是生活的步調迅速得多了的時代。尤其是在革命後的俄國，從一切方面的生活事象上，這事實就更加深切地可以感知。也許不妨想，從康台彌耳到普式庚的過程，是可以更其縮短的罷。但總之，現在的無產階級文學之沒有他的普式庚，是確實的。或者也可以從無產階級文學的本質着想，以爲倘不接近社會主義時代，便沒有無產階級的普式庚出現的罷。然而現在的形式技巧之不備，不足以否定無產階級文學的意義，也就明明白白了。

要之：在過渡時代的無產階級文學，倘于利用先前的一切形式的事，加以拒絕，是不行的。無產階級文學的內容，大概總要自然地創作改革那形式和技巧；因了許多實際上的嘗試，而生出新的綜合底形式技巧來。現在爲止的許多形式技巧，應該不過是爲了便將來的無產階級文學的形式技巧，臻於渾成的應入坩鍋的材料和要素。據烈烈威支說，却是，作爲原則，則在這些許多舊文學的形式技巧中，是大抵將一階級正在年青，健康，力的旺盛時代所作的形式技巧，取以利用，加以攝取的。就外國文學的相互的關係交涉而觀，新興階級多受別國的新興階級的文學的影響，衰退階級大概常受別國的同是衰退的階級的影響，也是一般的原則底事實。

將無產階級文學的成長，和形式的問題連結起來一思索，便自然不得不關着文學的種目的問題了。上文已曾說及，在無產階級文學的第一期，即從千九百十八年至二十年的內亂戰時共產主義時代，那文學上的種目，專是詩，而尤其是抒情詩。革命的歡喜，世界革命的抱負，奮鬬的踴躍和勞動的讚美，在詩裏，是專在吟詠內面的氣分的高揚的。然而以無產階級文學成長的一轉機爲界，感到了具體底地表現活的人物的行動的必要時，抒情詩便漸漸退至第二段，散文的形式竟占了中心的位置了。對於散文的形式，從中尤其是小說，據所謂形式派的批評家錫克羅夫斯基和別的人們說，則文學的種目的型範，已經分崩起來。和這相對，無產階級文學派的批評家，却以爲這文學的種目的型範的分崩，文學是不會因此衰退的，不過是和有產階級的解體一同，顯示着有產階級文學的已在解體罷了。當三四百年前，有產階級還是年青的新興階級的時代，在文學方面，也曾構成了新種目的型範的。小說便是這新種目的型範。是出現於散文這一個大種目之中的一種新的種目的型範。例如見於吉訶德先生的那樣，雖然還未能從『短篇之集大成』這一種形式全然脫離，但那構成的傾向，却在到處都在集合鈎連，作成一種有條理的東西之處。在薄凱企阿的十日談中，在嘉賽的侃泰培黎故事中，是都有努力的痕迹，想將散漫的東西，用什麼楔子，來貫串爲一的，但還未能將這些歸結於一個的中樞。到吉訶德先生，而這集合底構造的意向，這纔算是分明得以實現了。聚集着許多斷片，但作爲全體，是求心底的。和這相反，一入有產階級的解體期，則在文學上的種目的型範上，同時也開始解體，構成作品的各部分，都帶起遠心底傾向來了。那近便的明顯的例子，便是畢力涅克。在畢力涅克的作品裏，各個斷片，都在要遠心底地獨立起來。這問題，是可以看作含有頗爲重大的意義的。無產階級文學要造出自己的新的小說的型範來，大概也如在一般的形式問題之際一樣，原則底地，是只好上溯前時代的階級在新興期中所造作的作品，加以學習的罷。與其學習略前的時代，倒不如遠就古典之源，却是更好的路罷。而那特色，大約是專在構造之爲求心底，以及有着主題和行動的展開這些事罷。惟那主題和行動的展開，則自然是應該依據無產階級思想的立場的。而且那展開，又須以較之三百年前，迅速得的多步調進行，大約也是不消贅說的事。

就詩歌方面而觀，也如小說一般，可見構造的解體底遠心底現象。如上面　載的『十月』一派在綱領中說過那樣，『文學上頹廢底傾向的諸派，將那有支配力的階級正到歷史底高潮時候所作的原是統一的藝術上的形式，分解其構成分子，一直破碎爲細微的部分，而尚將那構成分子中的若干，看作自立的原理』這一種事實，在綱領中也曾一一指摘，正是想像派和未來派所共有的現象。錫爾息涅微支（想像派）曾經主張，以爲言語的思想底方面，僅於哲學者有興味，言語的音響底方面，僅於音樂家有興味，在詩人，惟形象爲必要，詩者，畢竟可以是無思想無音響底的『形象的目錄』的。在詩，倘乏於形象，則即使所含的思想怎樣地深奧而眞實，韻律的構造怎樣地超妙，也不能認爲藝術品云。克魯契涅夫（未來派）則只醉心於詩的音響底方面，而那思想底方面，却完全將牠否定了。凡這些，是都可以看作這文學上的解體底衰退的現象的。（克魯契涅夫曾經爲了此文的作者和構成派的女詩人英培爾，特行朗誦過凱門斯基的士額拉．安巴和別的詩。我於將詩做成音樂的企圖，是極其明白地感到了，然而沒有懂得那詩的心情。但我相信，這也並非因爲聽者是外國人的緣故。）反之，作爲主題，思想，形象，音響，無不渾然成爲一個組織，綜合而成一完全的藝術品的例，烈烈威支則舉着普式庚的青銅的騎士，藝術上的構成要素的集中底組織底統一的綜合，應該是將來的無產階級詩的特色，和散文（小說）是同一的。然而這也並非說，不當從最近時的有產階級文學即頹廢底傾向的文學，承受什麼東西，而全然加以拒絕的意思。這些各傾向所具的倒是近於張大了的構成分子的特色，大概是應當看作品的內容，取了牠來，而將這作爲新的組織中的一要素，加以陶冶，活用的罷。

十四

以上，不過是根據蘇維埃俄國評論壇諸家關於無產階級文學之所說，敍述了那問題的輪廓和作爲特色者的二三。關於無產階級文學，則尚有和稱爲『革命同路人』的小有產階級底革命派的文學的關係，以及與『同路人』相涉的文藝政策的問題，更有無產階級文學的團體底組織的問題，或者那成爲無產階級文學論的根據的馬克斯派文學觀等，可以合起來敍述一回的事還很不少。然而卽此一篇，已經長到豫定以上了，所以這回也就此爲止。如果含在以上的粗略的論述之中的評論和事實，能夠於解釋這問題的性質和方向，以及和時代的交涉等，有一點裨助，那麼，這一篇之用，也就很夠了。

還有，上文所敍之中，如已經一一記明了姓氏那樣，從許多人們的論文引用的處所，是頗爲不少的，但因爲那些書籍的大部分，現在不在身邊，所以只靠了不充足的記憶和摘本，自信對於論說的主旨，有所誤傳的事，是一定沒有的，只是自由地將那表現加以更張之處，却也不少，並且一一記明出處的方便，也得不到了，特爲聲明於此。這些事項，大約將來會有再寫的機會的罷。

民國十八年四月一日初版

實價大洋二角

現代新興文學的諸問題

者 片上伸

者 魯迅

者 大江書鋪

發行所 大江書鋪

上海東橫浜路景雲里四號

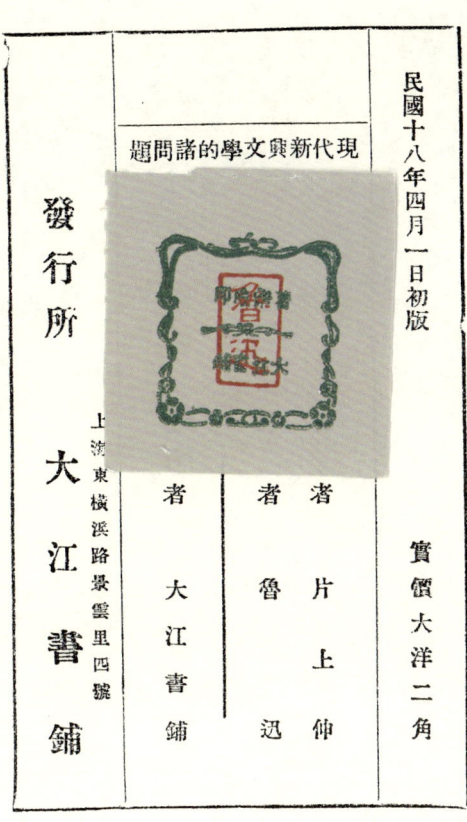